JN192606

歌集

籐人形

恩田てる

砂子屋書房

＊目次

装本・倉本 修

歌集　籐人形

籐人形

くさめせるインコを抱きてつくづくと眺めて過ごす雨の降る日は

甘えては呟く鳥を手にのせて撫ずれば固き頭骨の触るる

籐人形編みてこもれば夕闇にたったひとりで生きいるごとし

旅に発つ朝

体調の崩るるおそれ抱きたり海を隔てる旅に発つ朝

高層のテラスに二羽の白鳩が訪れているワイキキの朝

緑濃き雨後のワイオリ教会に白いドレスの娘《こ》はたたずみぬ

娘の婚儀すみて両手のふと軽し初夏の光のなかに午睡す

夕立の気配に充てる薄闇に地から湧きくるひぐらしの波

自《し》が宿にもどるよすがの駅名の手帳にのこる「ポルトマイヨー」

早発ちの巴里のホテルの窓に寄り小雨に濡れる十字路見下ろす

生ぐさき歴史とどむるコロッセオ　空色の瞳《め》で見る異国の少女

雛罌粟

棘もてる萼《がく》がかさりとテーブルに落ちてポピーは花ひらきたり

ベビードレスのピンタックを縫う二十本古りしミシンに感謝しながら

ふわふわのフリルのレースを縁取りにベビー帽子の仕上げを終える

風そよぐ音かと聞こゆ嬰児《みどりご》は目覚めて泣けり時刻どおりに

いつのまに風は落ちしか震えいし雨戸も深い眠りに入りぬ

御用納めも最後となりぬ霜踏みて門を出でゆく夫を見送る

クー

産褥のあけて帰りゆきし娘《こ》の部屋にほのかな乳の香のこる

わが娘と思いおりしに手拭いを左へしぼる夫の子でもある

土砂降りを猫《キャッツ》　と《アンド》　犬《ドッグ》という単語おもいだしてる雨宿りして

ショウキラン朽ち葉より生れ鮮《あざ》やけし鍾馗《しょうき》の冠《かむり》と誰《た》がよびそめし

耳吊りをされてホタテの稚貝たちがんじがらめの我の過去形

逃がしやる冬蠅に来べき無残さを思えばこれも未必なる故意

わがうさぎ「クー」とよばれて哭くでなく嘆くでもなく七年を居る

なみだ形の蕾でありし鬱金香《うつこんこう》さきて斬首《ざんしゅ》の刑を待ちおり

枕辺におく慣わしのメモ紙の今朝しらじらと何も語らず

意地あればこそ

薩摩なる切子の花瓶　堅実とは小さきながらに持ち重《おも》りせり

ステンドグラスの赤い光が壁を這い尾鰭ひらひら噂がとどく

目の先のアルミフェンスをゆく虫の意地あればこそ脇目もふらず

わが庭にキマダラ蝶の通い道ありてたたずむ午後の三時を

咲かせたる貝殻草の薄紅のカサカサ鳴るを日毎たしかむ

霊峰のもたらせたもう湧水のきらら躍れる忍野の泉

山並みの黒くせまれる谷川岳パーキングエリアの水のつめたさ

こわい話をせがむ幼の丸い目がホントに怖い目にあわぬよう

娘と並《な》みて栗を剝きつつ何がなし彼女の手際にみとれる厨

咳ひとつに我と知るらし病院の人群れのなか夫笑みて来る

オールド・ジャズ

サックスのけだるい響きオールド・ジャズをうすく流して一人の夕べ

網のなか呼吸つづける椎茸に厨の台のわずかに曇る

丸干しの鰯を焼きて頭からカリカリと嚙むひとりの夕餉

吊革によじれて眠りいしおんな大手町にて急に降りゆく

わが袖に触れなんとするガスの火の舌さき青く今朝の冷たさ

歳晩の動物園

ひとの名をすぐに覚えてわすれない寂しがりやのわが特技かも

包丁は研いでありますす気をつけて娘の厨にメモして帰る

鶏粥は圧力鍋にぽってりと熱持つ脳に効くをねがいて

陽のあたるケージの隅に沈思してオランウータン目線合わさず

前をゆくハクセキレイの足取りの喜びあまりてたえられぬごと

自己愛を消去するべき齢かも皮蛋《ぴーたん》の碧き縞目すくいて

赤裸々に述べて聞き手を楽しますわが饒舌をすこし憎みぬ

液晶に薔薇の花にも似て赤くアフガニスタンの戦がつづく

利根川に近き水路に通いては掬いくる雑魚《ざこ》に水槽足りず

刀身のごとき川魚　水槽の藻をかわしてはキラキラ泳ぐ

ボサノバのリズムに合わせ缶コーヒー揺すりてステップふむ雨の午後

抱《かか》えたるかすみ草から幾千の香りの粒子たちのぼりくる

正月の救急室に臥する身に即席めんの匂いなどする

二十四時間の心電図にもならされて記録紙さげて街なかをゆく

大分の海

デキシージャズ鳴らして海辺をやってくる魚屋若しわたり蟹買う

大釜に赤くもり上がる蟹七ハイ塩加減よし茹でかげんよし

そげんもん食わさるるかと実家《さと》の義姉パンで良きよと言いたる口に

インターネットに手作り小物の店を出し娘《こ》の道楽のまたひとつ増す

ごうごうと風ふくあした子の一家サッカー試合に出かけゆきたり

丸いもの見れば蹴上ぐる孫三人《みたり》サッカーウイドー土曜日曜

角皿の反り合わざるを重ねおく陶芸講座に夫はあそびて

槻の木の直ぐなるさまの夫といて犬樟われは老いてこぶこぶ

短歌ひとつ思いめぐらす時の間に愉しきひとつ身に添いてくる

ご利益のありとて巡る信心のとどのつまりは私欲というか

とことわに滅ぶを知らぬ地底街　文官俑《よう》は目線をあげず

達成感ひさびさなりき手話コーラス舞台に終えて段くだるとき

北海道へ

えぞざくら、えぞりゅうきんか、えぞつつじ北海道に堅雪くろし

島影は天売《てうり》、焼尻《やぎしり》　絶滅のオロロン鳥の絵看板光《て》る

北海の水面を白くふくらませ鯡《にしん》は浜へ群来《くき》たるという

魚《うお》にあらず金《かね》よと言いて鯡とう文字をあてしと番屋の能書き

花田家の番屋のぼればば海ばかり手摺・敷板くろくしずもる

ヴォルビックしばしば飲みて礼文《れぶん》への船酔い組の仲間に入らず

須古頓《すことん》の昆布に育ちし礼文海胆《うに》とろりと甘しウニ丼うまし

蹴りたい背中

オカメインコの頸を撫ずるに余念なき夫の背中を蹴りたくなりぬ

窓際のインコ歩み来《く》黒曜のごとき瞳をひたとすえつつ

額紫陽花《がく》あめに潤みぬ方形の白きリボンをさわに散らして

蛇《じゃ》のひげの花穂十本をテーブルに飾るやあえかユリ科の匂いす

真夜中のいたずら電話　耳奥に生物の吐く息のおぞまし

酒蒸しの浅蜊がひとつまたひとつもんどりうってビールが旨い

命終のせまりて著く匂いたつ黄菊をすてぬ　延命はせず

汝のぶんもながく生きると欲深い追悼文がまた読まれおり

湿舌が日本全図にせまりくる天気予報に興味なけれど

栗林《りつりん》をよぎれば花の香の降りて若き日の君ふとふりかえる

嗅覚はいよよ鋭く好きな人嫌いな人の峻別すすむ

孔雀草

スキー合宿の娘の二十歳《はたち》　滑降のアルバム添えて内祝せり

箍《たが》つめて来し七十年白濁の水晶体を明日うがたれる

活きている水晶体を鉱物に換えてしまえばもう戻れない

刺繡糸で武骨につくりし「お守」を男孫がくれぬ入院の朝

連なれる尾灯つぎつぎ消えゆきて渋滞解《と》かる呆気なきまで

ぶなしめじパラリ解《ほぐ》せばへの字なり培養されし呪縛のあげく

不揃いのままに挿したる露草のあしたすっくと伸び上がりたり

黄花盛る木の名を問いくるひとのため記して貼りおく「アンデスの乙女」

アンデスの乙女あまたの莢《さや》となる多産系なり異国に生きて

「煙草吸えます」八重洲口なる珈琲屋けむりに浮かぶダークスーツら

通販のカタログ読むが趣味などと他人《ひと》には言えぬ一月の尽

つつがある身は

柿の葉にひかりあふれて新しき中学生の服は大き目

山毛欅《ぶな》、小楢、白樺林ははそはの妣《はは》をしばらく忘れておりし

泥に潜む鯰《なまず》の羨《とも》しみどり降る五月なれどもつつがある身は

シーズーは六匹生れて末の子の雌は死にたり霜白き朝

シーズーの仔犬は死にて手に軽《かろ》く尾花色せる臍の緒かなし

ブルーベリーの根方を掘りて庭菊をさわに抱かせぬ死にし仔犬に

流れに負けず

萩の枝《え》のふわりと懸かる露地奥に世を隔てつつ生活《たつき》する人

鋭角に研がれし二ダースの鉛筆が天井指しおり受験児のへや

在らぬ夫なら小言もいわず屁もひらず恋し恋しと詠う友あり

悪送球したる電話を悔ゆる日はラジオの音量ひくめて籠る

水に浮き平らかにゆるる萍《うきくさ》の情強《こわ》ければ流れに負けず

手を合わせ拿捕《だほ》されしとう蟹《かに》漁船ひそかに曳くを密漁という

金色の麦畑パッチに幼子のごとくはしゃぎて奥鬼怒の旅

湯を出できしめる宿の階のぼるグループ旅行の中の静寂

奥鬼怒の翡翠の潭《ふち》をまくらとし昨夜《よべ》はことんと眠りに入りぬ

泣きぼくろ

幼日の泣き黒子《ぼくろ》ひとつ手鏡に見当たらずなりて情強《こわ》くなる

江ノ電にひとりで乗ればなにがなしエトランゼめく無人改札

スパゲッティ湯になげいれて摘みに出でしバジルに白き初花こぼる

庭庭に蜜柑みのらす小田原を過ぎつつ姉の繰り言をきく

「失礼」と言いてキャミソール姿なり姉妹二人のツインルームに

記者《ぶんや》

あん畜生むかしは記者《ぶんや》で腕利きで熾火めきたる奥目でわらう

靴下にバックラインのありし日の脚線美人いずこへゆきし

不惑なる子の帰りこぬ夜半過ぎめざめて想う泣かぬ子なりしと

ステンレスに零《こぼ》しし水は張力の平衡たもつ古希をまたぎて

ぼそぼそと唄う男の方がいいモーリス・シュバリエ男くさくて

風あらき河原《かわはら》　カイト点々と快晴の空ときに悴《かじか》む

おおどかに籠の鳥啼く春の朝イラクの自爆テロのテロップ

花々のおわりし庭面に憩うらん斑入りの射干《しやが》の双曲線図

潜みいる刺客は見えねとりあえず検査結果を綴じこみておく

ひきがね

ムスカリも七日を咲けば倦みたると紫帽子を空にちらせり

菱形の定義を述べよ鶸色《ひわ》の花菱草はきょう花開く

習いたてのタンゴのルーティン踏んでみる忙しき今日の締め括りとし

赤烏帽子に飼いならされている主婦が機嫌よろしくわが前をゆく

あまりにも碧き空ゆえ引き金をひく気もあらず蕎麦ゆがきおり

鐵瓶がしみしみと鳴りやがて噴くこの刻の間をこのみて佇てり

秋の陽やゾーリンゲンの薄き刃の力もいらず人と別れ来《く》

ネクタイ

空色の斜め縞なるネクタイを贈りし人も霜を置きしや

闘いのおのこの頸を幾重にも護りきたれるうつくしき帛《きぬ》

蛇めきてイヴは絡ます辷らかなアダムの首に絹のバイアス

水玉模様のネクタイばかりの宰相の童顔久しく国会の席

着流しに指細かりき銀巴里に美輪明宏のメケメケのころ

小鍋にて珈琲わかす江戸っ子のおやじ饒舌有楽町の「ももや」

おぼえある百舌《もず》の高啼き立冬にこころゆたけく髪を洗えり

ジーンズの腰に鎖のおもおもと捉われ知らぬ脚のながかり

老いてはダンスに

目覚めてはまた湧きあがる悔しさやダンス仲間におくれはとれぬ

こそこそと風がささやく雨の日はタンゴのあしで部屋中めぐる

おかめの手を握らんとしてひょっとこが入会してくるグループ・レッスン

メドゥーサの瞳《め》にみつめられ石の足ルンバの音をはずして回る

発表会すみて我が家にリピートす独りで踊るエキシビション・タイム

胸痛はダンスが元凶《もと》とうそぶきて掌をおしあてて闇にみひらく

チャチャチャチャ速い踊りに乗ってゆく年齢《とし》をごまかし皺をごまかし

乱暴にくるくる回す飛び入りの男《おとこ》無礼なセーターすがた

手のひらの荒れた男とブルースを踊っておりぬ高尾ごころに

七人の侍たちを待たせおき白雪姫のあの子のワルツ

エリートの現役時代を背にかかげ姿勢よろしき翁のタンゴ

孕みたる姿もおぼろ生娘をきどって楚々と狐《フォックス》の駆け足《トロット》

後退のクイックステップ瞬間に転倒マ・サ・カの勲章痛し

ポインセチアの桃色という曖昧の鉢をしとめてパーティー帰り

天性の素質うんぬん誘いくる個人指導はそっとさよなら

短歌する古典ながめる童話するダンスのためには命がたりぬ

柳眉

眉尻を剃りて柳眉を描き上げるせめて強気の新年のあさ

衛星に手をつき戻る音波らを束ねて今しテレビよろこぶ

肥痩などとるにたらざる皮相なり痩せる痩せると稼ぐ手合いら

冬眠をすべき季節に寝はぐれし子亀は知らず啓蟄の池

前の家《や》のツグミの餌啗《じたん》はじまりて小暗き朝をたたき起こさる

武者震い

冷え著き夫のシャツをとりこめば主体性なく腕にすがり来《く》

武者震いということもある短歌《うた》の上に思想をのせて送りだすとき

鯖《せいご》ふっこ鱸《すずき》とのぼる出世みちいずこの宿《しゅく》にて御膳にあがる

死に支度いそがにゃならぬヒラヒラのダンス衣装に金色の靴

遺すものありやと問われ何もなしさばさば消えるが望みでもある

十薬の鉄錆色の槍をもて突きくる誇りをやんわりかわす

糧飯《かてめし》ともしたる南瓜の黄金いろメキシコ産を和菓子に創る

かわひらこ我がプランターに近寄るな水菜の双葉二列《ふたつら》ひかる

善き顔に出でゆく夫の背をおくりこのごろ母親となりたる気分

女正月

電飾を解かれし樅のやすらぎて女正月《おんな》陽光あかるし

思考する即ち行動するわれを多動性症候群と言いたくば言え

共棲みとおもえば愛し浴室の目地を急《せ》きゆく若きゴキブリ

八色の薬は五体を駈けながら幾ばくいたずら仕掛くるがあり

能弁に詭弁を交えひりひりとカロライナジャスミン零しつつ咲く

寒の戻りに

さみどりの水仙の芽の切っ先のしんと静もる寒のもどりに

夕空を黙して帰る鳥のあり声あらだてて帰る鳥あり

行く先の不安な列車を乗りつぎて目覚める朝のふかき疲れよ

われに似て意志よわき子の部屋辺より煙草の匂い降りくる朝《あした》

欠伸《あくび》する青年の口に白き歯の並びいたりき遠き過去なり

半世紀へだてし友よ張りつめたこころ鎮めて待つ田町駅

幼顔《おさながお》そのままに老い昔から確信的にものを言う友

嘴太は飛び立つせつな我を見つふっとゆるめる目のやさしかり

如月の往還に見し蠟梅の楚々たる花もまろき実を提《さ》ぐ

カサブランカとりどり咲かせ門塀に逆さ釘うつ家のありけり

ほとほとと扉を叩きユニセフのパンフがとどく梅雨のさなかに
足踏み始む

水仙を置いて信如は降りゆけり学芸会の美登利も老いぬ

ボルシチにまた逢いたくて今日は来つ　恋文横丁渋谷道玄坂

雲色のファーのポーチを猫のごと抱きて少女が乗り込みてくる

打てば響く答えを返しくるる友老いたるいまも眼光するどし

部屋ぬちの風うごくおとストーブの鐵瓶やおら足踏み始む

キツネノカミソリ

うすべにのキツネノカミソリ毒持つと噂されいる人美しき

今剪りしグラジオラスに黒蝶のまつわりおれば暫し動けず

持ち越しし微熱の朝に放ちやる天道虫がまた裾へつく

虫の音のはたりと止みて望月のひかりの中を忍びが過ぎる

待ちかねし秋刀魚の季《とき》ははばからず太き一本我が前に置く

方便の嘘をなんなく口にする人を多くが善人と呼ぶ

男傘でも女傘でもなく海月《くらげ》めく傘がはびこる長梅雨の街

起き出でてイナバウアーを観し旅に硝子《しょうし》体《たい》剝離われにとりつく

硝子体剝離に完治なきを知る「慣れるのです」と眼医者はぴしゃり

勿忘草

雨の日はいてもたってもいられない鴉がときおりアーアと鳴けり

腐葉土を肩までふっくら積みやりぬ天豆の苗四本植えて

チャッチャッと啼く鶯を目で追えば朝の玻璃《はり》戸は急に曇れり

プリズムをつれて朝日がやってきて我が玻璃窓にリボンひとすじ

すぎゆける長い列車がゆらすまま勿忘草は今日もそらいろ

われに似る女がひとり座りいて慳《けん》ある目つきにこちらをみてる

脈絡のあるようでない歌詞ならべ陽水　巻舌　黒サングラス

行行子《よしきり》の声はまぼろし耳を切る風に対《むか》いて葦原をゆく

もしやあなたは

二歳にもおみなの芯は確としてツンとそむける姿《しな》もおぼえり

二歳ゆえきっと忘れてしまうでしょう爺と婆とで遊んだ午後を

土を食む蝶をしばらく見ておりぬもしやあなたはいつかの蝶か

鶏皮を木屋の鋏でスパと切る切れる男とはこんなものかも

ご子息の電話にあっと息をのむこの悔恨は生ある限り

オープンガーデン巡れば迎え出る女《ひと》の満開すぎる笑みにたじろぐ

木香薔薇の黄色い熅《いき》れ丹精のマダムの声のうっとうしくて

だしぬけの接吻のごとき夏の雨　旅にでる日の頬をぬらせり

夏おぼろ昨夜《さくや》のままの街灯の褪せたる町をバスで出でゆく

里親

日曜の柏葉公園そぞろゆきフリマにて買うデニムのベスト

公園の木漏れ陽の下　里親をもとめてケージに仔犬があそぶ

捩花《ねじばな》の螺旋階段ももいろのはなびら踏みてゆく風がある

尺取りの二分《にぶ》に満たぬが身を折りて計りつつゆくラディッシュの葉を

蛞蝓《なめくじ》にも核のあるらし逡巡の指にて押せばグリと怒れり

蒟蒻《こんにやく》の葉を食みたるは何者だ忽然《こつぜん》と消え歯型のこせり

トリカブト毎年愛でいし女逝《ひと》きてあろうはずなき疑念をのこす

宇宙人にもなれそうよわたしたちコンピューター栽培の野菜をたべて

赤松の樹脂したたりて成りしという紅琥珀なり地底より覚む

夢であれ

夢であれ夢であれよと目覚めおりそうして誰もいない町なり

あれほどに優しい波が動転し三万殺しし日にただ生きしわれ

壮絶な紙面に心朽ちる日に窓辺の紫蘭おもたく香る

桜桃の花みだれちり濃く赤き新芽ふきだす余震つづく日

キンキンと帰ってきたり尉鶲《じょうびたき》　水仕《みずし》の手をとめながく聞き入る

さらさらと白き骨粉あますなく壺におさまり人ひとり消ゆ

死にしあと母のよすがと言われんとスモーク・ツリーの苗を植えたり

窓に見て戸口にまわり「ただいま」と入りくる君の間合い変わらず

縦笛にラブミーテンダー繰り返す乙孫を聞き長湯をしたり

アクセント間違ってます「マニフェスト」菜花つぶつぶ鍋をひとかき

男《お》の好きな政治というをながめてる私はいつも肉じゃがを煮て

下剋上おこりつつあり紅茶葉のジャンピング見る朝のテーブル

外出の予定なければ虎豆を浸してながむ虎の模様を

紅花の

鬱金香《チューリップ》のはなびら反りて埋もれゆく地中にかえり母に逢うため

訣別にも力を要すうかうかと始めし恋の終末に似て

紅花のドライフラワー一束は白骨十本かるがるとして

「おい」などと呼ばれきたれり五十年符丁なりせばこれも良きかな

ことごとく掃き清むるなジャスミンの花ひとひらが散るこそよけれ

カット綿どこかと問えば「コットンですね」ドラッグ・ストアに店員はしる

声変わりした子しない子いりまじり二階の孫の部屋のにぎわし

つぎつぎとスズメ降りくる昼さがり白詰草の円き舞台に

鬱金香の散るはなびらを掌《て》にかさねチューリップ・ジャムを画策してる

ビンチョウマグロ

マジックペンの蓋とれていてじわじわと揮発してくる我が脳《なずき》かも

追憶に眠るライオンときとして右顎あげて二度吠えるなり

初孫を包みし白い綿毛布十八年経てわが抱き毛布

復興なりし塩釜港に花束のごとく掲ぐるビンチョウマグロ

胸鰭《むなびれ》が鎌の刃めきて身構えるビンチョウマグロ塩釜の空

セシウムがあるかもしれぬ新米のふっくら光るを謝していただく

徳利蜂の母のくちわざ干し竿に土でこさえた小さき徳利

合歓すでに眠りておりぬ風の中サフィニアいまだゆれているのに

見せ消《け》ちのメール番号あなたへの初句をおもいて五年が過ぎぬ

嵐は嵐

天気予報ばかり聞かせる夜のテレビ何度聞いても嵐は嵐

演説はカラオケに似てときおりは胸処《むなど》に沁みる音質がある

紅顔の西鉄ファンでありしゆえすべて許せり老い深むとも

秋雨の止みてほのかな虫の声来年という世界知らずに

家計簿の罫ひきており何となく生きてはおらぬ年の分まで

ぶつぶつと団栗《どんぐり》ふみて歩きゆく有料ホームに沿いてゆく道

メタンハイドレード

脳梗塞の手もて書かれし老い友の賀状に一行我への労わり

黒豆を煮たる鉄鍋洗い上げことしの新春《はる》をするり躱《かわ》せり

葉ボタンを鵯《ひよ》が食みおり旨そうに鉢辺に黒き糞をのこして

パチンコ屋のドアをついと入りゆける女性がこぼす瞬時の騒音

黒き枝に柿の新芽がおどりでて大型連休はや半ばなり

幾億の年経て目覚むる海底のメタンハイドレードにいま光さす

菜の花の穂先伸びたちすこやかに世代交代はじめる四月

鉢植えの桜桃の実を誰となくつまみおわりて夏の到来

莫迦騒ぎの金環日蝕通りすぎスカイツリーも見慣れてきたり

子犬

コロコロと走る音して階上の息子の家族にミニチュアダックス

踊り場に垂れてる耳のシルエット短足の仔は降りて来られぬ

咥《くわ》えたる毬が落ちたと騒ぎたつ犬のことなど構っちゃおれん

霞草の一花一花に礼《いや》なして五ミリの蜂のホバリングつづく

ぼあぼあと井戸水あふらせ逃げまわる箸と木椀をとらえて洗う

しゃらしゃらと一膳の箸すすぎけり主《ぬし》はどこまで花見に行ける

茎の茶の淡い甘味を追いかけて和三盆なる小花をつまむ

つるつると指にすべって摑めない二つ星テントウ花芯にもぐる

キジバトの雲竜模様が遠ざかる何していたの私の庭で

窓すこしあけて虫の音呼び込みぬ眠らぬ月と対峙するため

面白カード

もう疾《と》うに目覚めておれど朝空の辻に吠えてる風を聞きおり

レム睡眠に長屋の人ら出できたり死にたる父母も正装をして

東雲《しののめ》に父さんカラスの高笑い今日はどこぞへ家族旅行か

森端に住めばカラスの家族とて我ら親しき隣人同士

賀状にも政治の不信を書いてくる彼奴《あやつ》の太い万年筆は

手のうちの面白カードを出しつくし人生ゲームは終盤に入《い》る

エル・グレコ

エル・グレコ我らについに縁のなき宗教絵画をゆっくりめぐる

耳敏きゆえに揄いし皮肉《ひにく》一葉浮かべおくなり雑談の川

それぞれにテレビ別《わか》ちて君と吾と好み異なるゆえの円満

強者しか生き残れないライオンでなくてよかった昼寝の時間

体調が変だぞコトコト駈けている電波時計は電池切れらし

草食じゃないよ肉食なんですよ「トンボ博士」の友の目ひかる

０　脚

まだ水をくぐっていない背番号がわっと散りたり春のセンバツ

山葡萄の濃きむらさきの滴《したた》りをＢＳに観る本日ひまです

玻璃ごしの籠のインコに声かける優しいトーンを心がけつつ

忘れた頃にまたも捏《こ》ねだす製パン機われに似てきてきまぐれなヤツ

「モテ髪」のページぱらぱら美容室今日はなんでも出来ちゃう気分

口笛を吹く鷽姫《うそ》のひそむらしまたかかりくる騙しの電話

鳥小屋の餌のこぼれに寄りきたる子雀どの子も０脚同士

卒塔婆を電子印刷していたり法事の寺へ早目に着けば

猛暑日のもたらしきたる静謐《せいひつ》に窓いっぱいの風景画みる

かやつりぐさ

子の生れ日すなわち我の祝い日のゆえにでかけてケーキを選ぶ

五十歳の息子がつくる雪ダルマ　祭り男はいまも健在

門前の雪ダルマの目の溶けだせば通りすがりの子がなおしてる

かやつりの遊び方など習いつつ幼子とゆく春のはらっぱ

夜通しの雨ふりやまず医師からは生検結果を聞かねばならず

鍋に匙する

ゆるキャラの跋扈《ばっこ》する街ひとひとり閉じ込めている闇が歩くよ

三十年実らずに来し木通蔓《あけび》に果実七つが裂けおり不穏

蟷螂《とうろう》のふりむく風情胴長のトラックゆるりと曲がって行けり

やんわりと永らえてきぬ夕映えに聞き流すという処世術得て

午睡より醒めて眺むるわが腕の手羽先手羽中手羽元じゅんに

昨夜《よべ》煮たる小豆含め煮いかにやとかわるがわるに鍋に匙する

家裏に尾長が来てる厨から眺めるわれを多分知らずに

匂うばかりの

薄紅の山茶花さけり気がつけば匂うばかりの十五の乙女

パンジーは泣きやみたるや雨粒をひとつ抱えて身動《みじろ》ぎもせず

手の首に血圧計をまきしままま歌をおもえば数値があがる

春雨にぬれて暗める柿の枝に番《つがい》の鳥の動きせわしき

踏まるればなおも根をはる車前草オオバコ・コーヒー心臓に効く

数耗《みり》の梅酒にソーダ注ぎこみ晩酌するが安寧のとき

録画せし連ドラ観んとひるさがりきびきび熟《こな》すよしなしごとを

整頓の上手い人なりその在《あ》り処《ど》わすれてしまう男《おのこ》でもあり

整頓は下手なわれなり乱雑にみえても在り処わすれなきなり

一粒の水を飲めれば活きかえるネムリユスリカ今は眠たい

朝星を仰ぎ勤めにおくりたる夫がこのごろ朝食つくる

ラストラン

自転車が孫の数だけ戻れるを確かめてわれ眠らんとする

二度目には自分で角帯締めてくるユーチューブにも婆が居るらし

根っからの祭り男がきりきりと晒《さらし》まきあげ飛び出してゆく

すぐさまに泳ぎだされと膝折りてサーフ・スーツが海恋しがる

野草にも自衛の技があるらしも盗人萩が裾に嚙みつく

いちにんと出会いて歩きいちにんを恃《たの》みとなしてラストランなり

「オハヨー」と医師がわが目を覗きこむ　朝一番の五号手術室

プラ・レンズ埋《うず》め峠を越したるか医師の二人が雑談きかす

ピカチュー人形

「ピカチュー」と名告《なの》りて我を笑わせる妖怪人形孫のおさがり

漱石でもハチローさんでもあるまいに脱稿なせば上機嫌なり

フクロウが芝居のように啼きだして二転三転まだねむれない

舞舞と呼ばれて飛べず昨夜《よべ》かけて鉢辺にひかる帯をかけゆく

玉葱を刻む耳へと来るアリア　ピンカートンが港に着いた

振りむけば秋

この先を知りたくないかと後ろから肩叩かれて振りむけば秋

蝸牛《かたつむり》の日照りに閉ざす沈黙は世間様への面当てならず

赤裸々に話すひとには赤裸々に対《むか》うしかない　蟬が止まない

犬には犬の都合あるらし月曜の家族の間《あい》を神妙にゆく

木苺をジャムに仕上げし朱の手を蛇口にながすマダム・マクベス

ミニ薔薇は薄紅いろに咲きかけて嘘ひとつ吐くくちびるに似る

王子駅から飛鳥山へと玩具めくケーブルに乗り夫と撮りあう

人生の下り坂よし目の下の王子駅舎に若人むれる

クッキー焼けば

つけつけと請求書がくる電気代クッキー焼けば焼いたねと言い

子も嫁も夫もすなる飲み会に縁無きわれのひとりパソコン

わがために孫が縫いたる滑革《ぬめ》の小さな財布バーガンディー色

パワハラと思うことありナマハゲの狼藉《ろうぜき》の音　憎さげな装

アレッポの石鹼ふたたび製造と喜びしかど　シリアは遠く

温度差のまま

木木の間にヤマアララギの白花のひかり持つあり影持つもあり

叢林に月の昇るを待ちわびて東の窓を細くあけおく

村人と仲良くなりたい赤鬼の心になりて冬こもる日日

亡き友の一人娘より来しカードもろびとこぞりてと唄いだすなり

水底にひそか生きいる出目金の黒色ゆえに留守がちと見ゆ

ミルク飲む口元のまま仰ぎくる金魚の上にフレーク散らす

三分で食べきる量ととなえつつフレーク撒けば出目金おどる

日比谷から都電通勤の日日があり十人《とたり》の家族がわたしをかこむ

糸巻きにメモを残しし母のごと孫の出先をメモにとりおく

娘の婚家の墓所聞きしより片腕を捥《も》がれる痛み抱えておりぬ

やってくる誇《そし》りの波の高ければボードに臥せてふわりとこなす

頭《ず》をあげて昂然と咲け青いバラ遺伝子絶たれし申し子なるも

マイクとる度にふれあう指先の温度差のまま会を終えたり

次姉ヤエ

マナーモードの携帯ふるえ兄からのメール一行「ヤエさん倒れた」

カーテンを閉じてくださいい昏睡の姉のいびきを聞かれたくない

幼児語に呼びかけないでわが姉を意識はなくも尊厳がある

生母逝き二歳のわれは養父母のもとに育ちぬ一人子として

十八歳《じゅうはち》に晴れて名乗りし兄姉のなかにおのずと次姉を仰げり

母のごと教えを乞いて友のごと競《せ》りて歩み来《く》　数十年を

もう居ない姉の声音よ受話器とればおどけたいつもの声がしそうで

五日前の従兄妹会《いとこかい》にて唱いたる「千の風」が不吉のはじまりだった

ともに老いともに語らむ姉逝きてからっぽとなる我の後半

姉に似る姿見つけて思わずも走りよりたき横浜駅前

日傘の骨

洋菓子を習いし日日の遠くなりコアントローの小瓶出でくる

『怒りの葡萄』『エデンの東』に始まりてスタインベックを好みて読みき

老いたのは誰のせいでもありません老いても唄う「東京キッド」

蓑虫の蓑の宇宙の静かなり一生すごして誰とも遇わず

マロニエになれぬ橡《とち》の木の木暗《こくら》がり霞が関のペーブメントの

蕎麦舗より持ちかえりたる煤竹の箸の軽きが手になじみくる

突っ込みも呆けもなけれど相槌を打てるひとりがありて温《ぬく》とし

鉢々に繁縷《はこべら》の葉をあふれさせ飼い鳥の餌《え》を自給自足す

中学の放送部室に籠りてはハバネラ聴きぬ風光るころ

おおかたは忘れたりしが『大地』にて地べたを持つを叩きこまれぬ

京急線うめやしき駅より降りてくる我を待ちいるわれの幻

凧糸にきりきり肉を巻きあげてチャーシューやきし日は若かりき

瓶詰のホワイトアスパラ不可思議なあの味が呼ぶ時折われを

ポキポキと日傘の骨を折りていき突き放さるる恋の予感に

インド紅茶

ほよほよと朽ち葉より出で月夜茸《つきよたけ》絹のノートの頁をひらく

ねっとりと黄色い月は半熟のままにのぼりて長月おわる

手を抜かず歩みてきたり暗いとか真面目すぎると言われはしたが

ペースメーカーに撞《っ》かれて一日十万回コドクコドクと打つ脈のおと

「心臓が半分機能してないね」若き循環医こともなげなり

馬鈴薯を割れば大きな洞《ほら》のあり意外でもなし心腐れは

ズロチという硬貨をもてどポーランドを訪うこともなく日本に老いる

キング牧師の古いトークのせつせつと進化はいつもぎくしゃくとして

マンボウの無防備すぎるおちょぼ口今日のたゆたい無防備すぎる

無防備も悪くはないよマンボウのおちょぼ口はたびっくりまなこ

シナモンとクローブの香が部屋に満ちインド紅茶に砂糖一匙

鍋の柄をドライバーにて締め直し一気にポトフの仕込み終えたり

サンダルを脱ぎ捨てたのは誰だろう枯葉が二枚庭石のうえ

咲き満ちるローズマリーの紫の実ることなき樹形たくまし

すべすべのステンレスの壁をのぼれない守宮《やもり》の尻をしゃもじに支う

言上

陛下への言上《ごんじょう》ぶじに終わりしと兄のメールは皐月佳き日に

黄綬褒章に内定したる年の瀬ゆ六月《むつき》の間《あい》の高揚の日日

住み込みの書店員より身をおこし教科書販売にひと生《よ》をいそしむ

青少年の健全育成に身を挺し鶴髪童顔の兄七十九歳

我よりも歳若き義姉　子らそだて物しずかなる丈たかきひと

リボンの位置

人形のリボンの位置を変えてみる女正月《おんなしょうがつ》助六の空

台風の進路を問えば向きなおり身振り手振りのこの人が好き

ホッチキスの針が足りない本性を書きとめておく反古《ほご》を綴るに

デジタルとアナログの音の三秒の遅速に気付く今日誕生日

蜃気楼のごとくはかなし原発の建屋ふるえる昨日も今日も

母の日に息子が聞けり「ナニガイイ？」豆大福をふたつ所望す

いま沈む夕陽は鋳型にそそがれる鐵湯《てつゆ》のごとく雲に墜ちゆく

柔軟剤すこし垂らせり強情な生き方丸めてくるくる洗う

これの世に切った張ったは数知れず既往症をまたも問われぬ

「てこちゃん」と呼びくるる姉九十歳おさなきわれの口調を話す

例年の御用始めに姉リエの和服も着たり泊り込みては

坊ちゃん南瓜

どの恋が初恋だったか八十歳《はちじゅう》になりて均《なら》せばどれも石ころ

よく知れば単純明快なる人を複雑怪奇と怖れきたれり

わが歌の古きを読めば雨の降るチャンバラ映画のようなさびしさ

初なりの坊ちゃんカボチャ開花より五十日にて掌《て》に転《まろ》ばせる

明日つくる常備菜など書きとめて秋立つ風のなかの熟睡

楡の木の角ゆあらわる病院のバスにひろわれ定例火曜日

勢いて小鳥とびだす雨上がり待ち兼ねいしは私もおなじ

アイロンがこわれて今日は楽しかり機能キュートなT－FaL製買う

七ミリのフィットチーネを茹で上げて蟹クリームももう温めた

透明なグラスに挿せば浜木斛《はまもっこく》の象牙色なる花はにかみぬ

朝刊を熟読せねば夕刊の政経マンガに膝を打てない

この者はもう救えないと見捨てしや布教のひとが素通りしゆく

母われと息子をつなぐＤＮＡ　大口あけて笑うことなし

折紙

「だいすき」を生れて初めて手にしたり女孫の太き鉛筆の文字

折紙を四つに折りて「おばあちゃんだいすきだよ」といと軽やかに

一度なりとも好きと言われず共にいるこの人はだれ共棲み長し

不用意に好きなどと言わず同志とて気付けば二人子《ふたりご》六人の孫

忙《せわ》しなき暮らしにむかぬ体をば宥《なだ》めなだめて喜寿とはなれり

朝ごとに皮のちぢめる髑髏《しやれこうべ》なでて洗えり我がものなれば

激しくも燃えし満天星《どうだん》ときうつり骨のドームを曝して丸し

クッションを暖めたのはだれだろう知らぬ顔して陽はかたむけり

要らぬ葉を自ら枯らす習性のシンビジウムが多《さわ》に花もつ

キャセロール

スマホにて届く娘のせち料理　負けてうれしきわれの初春

宿泊の義父母を迎え娘《こ》の春のてんやわんやに気を揉む我は

尼になる気はなけれども眉薄くととのえたれば浮世の遠し

この日ごろ乱高下する脳力《のうりき》に平静よそおう老いてふたりは

六時間の「ゴッドファーザー」録画してマーロンブランドに会う夜を決める

米国の大統領をしめあげる赤いネクタイ無用に長い

開幕のＷＢＣガムを噛む米国選手らに国歌ながれる

梅煮るとついに買いたるキャセロール富士琺瑯《ほうろう》とあれば懐かし

ストーブに金柑を煮る雨ひと日部屋いっぱいの空気が甘し

解説

久々湊盈子

歌集『籐人形』は恩田てるさんの第一歌集である。恩田さんは五十代になってから歌を作りはじめ、これまでの約三十年間の作品から四五〇首ほどを選んでほぼ制作順に編まれたという。「合歓」の中でも実力ある歌人の一人であり、待ちに待たれた出版なのである。

恩田てるさんの歌の特長をひとことで言えば、その外連味《けれんみ》のない諧謔性であろうと思う。それは「合歓」の仲間の中でも、また所属する「合歓」流山支部の中でも際立った個性で、ふだんの歌会ではそんなに目立ったことではないのだが、今回、歌集にまとまった作品群を見ながらあらためてわたしはその感を深くしたのだった。

わが娘と思いおりしに手拭いを左へしぼる夫の子でもある
在らぬ夫なら小言もいわず屁もひらず恋し恋しと詠う友あり
冷え著き夫のシャツをとりこめば主体性なく腕にすがり来
「おい」などと呼ばれきたれり五十年符丁なりせばこれも良きかな

それぞれにテレビ別ちて君と吾と好み異なるゆえの円満
整頓の上手い人なりその在り処わすれてしまう男でもあり
整頓は下手なわれなり乱雑にみえても在り処わすれなきなり

たとえばこんな家族詠がある。母と娘というのはえてして密着した存在であって、人の評価や好き嫌い、衣食住の細部にいたるまで似通った価値観を持つものだが、ふとした違いに気がついて愕然とすることがある。それがこの一首目。娘が絞った手拭いをもう一度きつく絞ろうとしたものか、あ、自分と反対だ、と思い、さらにそれは夫である父親の絞り方であることにも思いいたったというのである。当然のことながら、娘は自分ひとりのものではない。半分は夫の子であり、そのうえ明確に人格をもったひとりの人間であるという認識にまでいたるきっかけを得たと言えるのではないだろうか。

二首目は友人の歌であるが、亡くなってしまった夫ならば放屁もせず小言も言わない、つまり、生身の夫の疎ましさなど忘れて恋しがるのだと言ってのけるのである。だからといって恩田さんは夫を疎ましいと思っているわけでもないらしい。三首目のようにリタイアしたのちの夫の寄る辺なさを引き受ける家刀自《いえとじ》であり、四首目、「おい」と呼ばれることに目くじらを立てていきり立つ青臭さも持ち合わせない。テレビは別々に見れば円満なのであり、六首目にいたってはおそらく整理整頓を言い立てるのであろう夫を軽くいなしてゆとりがある。つづく一首も多くの共感を得るのではないだろうか。

ご利益のありとて巡る信心のとどのつまりは私欲というか
汝の分もながく生きると欲深い追悼文がまた読まれおり
木香薔薇の黄色い熅《いき》れ丹精のマダムの声のうっとうしくて
どの恋が初恋だったか八十歳になりて均せばどれも石ころ
共棲みとおもえば愛し浴室の目地を急きゆく若きゴキブリ

すべすべのステンレスの壁をのぼれない守宮の尻をしゃもじに支う

恩田さんは歌を志してから吉植庄亮を祖とする同じ千葉県の結社「橄欖」において十四年間学んで来られたということであるから、「合歓」に入会されるや、たちまち実力ある歌人として頭角を現わした。現在では恩田さんは「合歓」誌上に毎号、短歌作品のほかに欠かさず歌壇の誰かれの歌集評を見開き2ページで書き、千葉県の短歌賞や、啄木祭の短歌賞などへも積極的に応募してその成果をあげている。いまや流山支部のみならず、「合歓」にとっても欠くことのできない存在になっているのである。

そういった中で彼女が培ってきた批評精神のあらわれている歌をあげてみた。一首目、ご利益があると聞けば出かけて行って「どうぞ御守り下さい」と願い事をする。誰しも自分が可愛いに決まってはいるが、それはつまり私欲に過ぎないのだと言う。弔いに来て「あなたの分も頑張って長生きします」というのは亡くなった人にとっては随分な話だという二首目。

三首目、こんもりと咲かせた木香薔薇はたしかに美しいものだが、それを自慢げに語る女性のうっとうしさを「マダム」という語がぴたりと言い当てる。四首目では世の多くの男性はがっかりするかもしれないが、身を焦がした恋も八十歳にもなれば男も女も変わりはない。「どれも石ころ」とはよくぞ言ったり、である。

一方でふつうなら目の敵になりそうなゴキブリや守宮に注がれる恩田さんのまなざしの温かいこと。五首目では、つやつやと若いゴキブリにだって未来がある、これも共棲みの一員と思えば愛しいというのである。次の歌でも台所の壁を這う守宮のお尻を支えてやるなんて誰が思うだろうか。これはご自分にも心臓に障りがあり、人知れず不安をかかえて暮らす作者ならではの発想なのだと思う。小さなものへの愛はこの世に生をうけたすべてのものへの愛なのだ。

短歌という自己表現に出会って以来、人一倍、努力をかさねて来られた恩田さんの歌は、後半になるにしたがっていよいよその本領を発揮している。心臓病の歌やご家族の歌など、まだまだ引いて語りたい歌が多い。少し歌数が多い歌集であるが、ぜひともお読みいただいて、どうぞ忌憚のない、温かいご鞭撻を作者にお寄せくださるようお願いして、わたしの拙い解説の筆を擱く。

あとがき

東京の練馬区から、ここ流山市を終の棲家と決めて引越してきたのは四十代になったばかりのことであった。そのころのわが家のあたりは、緑が多いといえば聞こえはいいものの、東武線の駅からは少し距離があり、静かで淋しい住宅街だった。越して来た当座はまだ何となく未練があって東京の方ばかり眺めて暮らしていたものだ。だがしばらく経って千葉県に腰を落ち着けなければいけない、それには何か趣味を持つことだ、と思ったわたしは、その頃、ぼつぼつ流行り始めた籐工芸を習うことにしたのである。こまごまと手先を使う仕事は意外にもわたしの性分に合っていたとみえ、短い月日のうちに腕をあげ、籐工芸の本には載ってない人形を創作したり、ちょっとした小家具までも制作できるようになった。やがて講師や仲間にも恵まれて八人前後の籐のグループを結成。技術を研究しあったり、需めに応じてわたし個人でも籐の人形を百体くらいは編んだのだった。やさしい立ち姿の籐人形は多くの人に好まれて編みあげるそばから人の手に渡っていってしまった。わたしは今でもときどき、あの子たちはどこにいるだろうと懐かしく思うことがある。

五十代になり、縁があって短歌という文芸を知った。籐人形はわたしの手を離れてそれぞれの人のもとに行ってしまったが、そうだ、わたし一人だけのものとなる短歌をやってみようと思った。思い立つと何でものめり込む性質のわたしは、早速「橄欖」という結社に入会して、短歌ともいえぬ作品を作りはじめたのである。結社の先輩たちにしてみれば困った会員だったと思うが、見よう見まねで作った短歌を毎月熱心に結社に送ったのだった。ただ、後になって考えると、「橄欖」は成田市のほうが中心であったから、歌友たちと語り合える歌会という場には縁がなく、どうしても一人よがりの歌になっていたと思う。

あるとき、近隣の会で久々湊盈子先生をみかけることがあった。はきはきとものを言うその姿にわたしは魅了された。自転車で行ける市の公民館に、久々湊先生の歌会が開かれているのも知った。思ってもみなかった幸運である。わたしは嬉々として迷いなく仲間に入れてもらうことにした。そのとき、ふっと、生家の恩田姓を名乗り、それまでの結社での「末廣照子」とは違う「恩田てる」になったのである。

「合歓」に入会してもう十三年になる。ここでわたしはあまり規則にとらわれずに、自由に、三十一文字に心を託す楽しさを教えていただいた。流山の歌会の仲間と親しく交流する楽しみも得難いものだった。

六十代に入ってから心臓病が表面化して、ペースメーカーのお世話になることになり、それに伴う数種の薬とともに毎日をどうにか生かされている身となってしまったが、何かと行動を制限されつつも短歌があるおかげで充実した毎日を送らせていただいている。

「合歓」では会員の個性を伸ばすために歌歴などに関わりなく自由に文章などを発表することができる。わたしも「歌集を読む」や「歌のテラス」といったところに文章を書かせてもらう機会が多い。おこがましくも錚々たる歌人の歌集を手にとり、懼れ戦きながらも書いた拙い文章をこれまでたくさん誌上に掲載していただいた。一冊の歌集を読む作業は苦しいが、どの歌集にも作者の人生の喜怒哀楽が籠められていて、その個性は他の誰とも違っている。読みこむほどにひとりひとりのすがたが厳粛に立ちあがってくる。それに比べると逆に、わたしの歌などまだまだ、と思われて自分の歌集を出すことにずっと逡巡してきたのだった。

しかし、いよいよ八十代に突入し、心身の衰えが自覚されてきて考えが変わった。取りあえず、自分の作ったものを纏めておこう。短歌にうつつを抜かしている妻に、いやな顔ひとつせず何処へ行くにも助けてくれている夫に、わが亡きあと遺歌集を編んでもらうわけにはいかないと考えたのである。生後一歳で母と死別した末子の私を見守ってくれた兄と姉も、今となっては三人欠けて二人になってしまったが、読んでくれたら嬉しいと思う。子や孫だっていずれ目を通す日があったら、それはそれで、話のタネにしてくれるのではないだろうか。

十四年間、身をおかせて頂いた「橄欖」の皆様、現在の「合歓」の仲間たちに心からのお礼を申しあげたい。そして今日までのわたしを支えてくれた家族や友人たちにも「ありがとう」の言葉を残しておきたい。

短歌に対する刺激を下さった久々湊盈子先生にはいつも的確なご指導をいただき、ご多用のなかを出版についてもさまざまにお心遣い下さり、その上、懇切な解説文まで書いていただきました。有難うございます。
また版元の砂子屋書房の田村雅之様にはこまごまとしたご配慮をいただき、校正の労もおかけしました。すてきな装丁をして下さった倉本修様にもあつく御礼申し上げます。皆様に助けていただいてわたしの歌集が出ます。本当にありがとうございます。

二〇一七年九月　秋冷の朝に

恩田てる

著者略歴

恩田てる

一九三七年三月　横浜市に生まれる
一九四〇年三月　東京都大田区に転居
一九四五年三月から九月迄　学童集団疎開で富山県氷見市へ
一九五五年三月　都立三田高校卒業
一九九二年　「橄欖」入会（二〇〇六年退会）
二〇〇四年　「合歓」入会
二〇〇八年　「常磐沿線歌話会」入会

歌集　籐人形

二〇一七年一一月三日初版発行

著　者　恩田てる（本名　末廣照子）
千葉県流山市東深井八九五—六　末廣方（〒二七〇—〇一〇一）

発行者　田村雅之

発行所　砂子屋書房
東京都千代田区内神田三—四—七（〒一〇一—〇〇四七）
電話　〇三—三二五六—四七〇八　振替　〇〇一三〇—二—九七六三一
URL　http://www.sunagoya.com

組　版　はあどわあく

印　刷　長野印刷商工株式会社

製　本　渋谷文泉閣

©2017 Teru Onda Printed in Japan